JN169585

はじけろ!
パットライス
くすのき しげのり・作
大庭 賢哉・絵

もくじ

16
パ

おばあちゃんが、たいへん！

「お母さん、やっぱり『阿波おどり』をやってる！　ほら、ユウサク、行ってみよう」

夏休み。

わたしと弟とお母さんは、今年もおばあちゃんが待つ徳島にきた。

去年とちがうのは、なかなか休みがとれないお父さんが、あとからおくれてくるってこと。

毎年この時期の徳島では、あちらこちらから阿波おどりの太鼓や鉦や笛、さらには三味線の音が聞こえてくる。

なんてったって、空港の名前からして、「徳島阿波おどり空港」なんだから。

きょうも、空港では、到着したわたしたちを、にぎやかな阿波おどりがむかえてくれた。

カラフルなゆかたで、男の人も女の人も、ときにはそろって、ときにははじけるようにおどる阿波おどり。そのリズムにあわせて体を動かしながら、わたしたちは、バスにのった。

眉山を見ながら吉野川をわたり、バスは、徳島駅についた。さらに、そこから各駅停車の汽車にのって、やっと板東駅に到着だ。

そう、徳島では、電車ではなく「汽車」が走っている。

なんでも全国で、電気をとり入れながら走る電車がないのは、徳島県だけらしい。

でも、わたしもユウサクもこの汽車が、特に一両だけで走るのがかわいくて、気に入っている。

汽車をおりると、阿波おどりの太鼓や鉦のかわりに、セミの鳴き声が聞こえてきた。

鳴門市大麻町板東。

だれもいない小さな駅を出たわたしたちは、広くてまぶしい青空を見上げた。

「ああ、いいきもち。阿波おどりもいいけど、わたしは、この板東の空が大好き」

「ぼくもだ！」

わたしにつづけてユウサクがいった。

「ハルカもユウサクも大きくなってるから、きっとおばあちゃん、びっくりするわね」

いいながら、お母さんが、日がさをさそうとした。

トゥルルルルル

そのとき、お母さんの白いバッグの中でスマホが鳴った。

「えっ……。は、はい、わかりました。ありがとうございます」

「お母さん、どうしたの？」

「おばあちゃんが、たいへん！　たおれたって」

「えっ」

「すぐ病院に行きましょう」

お母さんは手をあげると、駅前のタクシーをよんだ。

「おねえちゃん、おばあちゃんだいじょうぶかな」

「……」

JR 板東駅 BANDŌ STAT

タクシーの中、小さな声でたずねるユウサクに、なにもこたえられずにわたしは窓の外を見た。

「あっ、ユウサク、大麻山よ」

「ほんとだ」

おばあちゃんちの庭からも見える小高い大麻山が、どんどん遠ざかっていった。

おばあちゃんが救急車ではこばれたのは、大きな総合病院だった。

「おばあちゃん……」

わたしは、そっと病室のドアを開けた。

「おばあちゃん！」

わたしのうしろから顔を出したユウサクが、いつものおばあちゃんの笑顔を見つけて、大きな声をあげた。

「まあ、今ついたのかい。ごめんね、心配かけたねえ。でも、だいじょうぶやからね」

ベッドの上のおばあちゃんは、いつもの電話とおなじように、やさしい声でいった。

「おばあちゃん、病気なの？」

「ううん、だいじょうぶ。お医者さんは、軽い『熱中症』っていうてた。みんなが帰ってくるんで、おそうじやら、ふとん干しやらを夢中でやってるうちに、たおれてしもたんよ」

「病院には、どうやって？」

ふとんをかけなおしながら、お母さんがたずねた。

「ちょうど、となりのエミさんがきてて、すぐに救急車をよんでくれたんよ」

エミさんは、おばあちゃんのおさななじみで、となりの家のおばあちゃん。

「そうか、それで、エミさんが、わたしに電話してくれたんだわ」

「いくつになっても、友だちは、ありがたいねえ」

おばあちゃんが、しみじみといった。

「おばあちゃん、退院は？」

「いろいろと検査もしてくれるそうだから、三日ほどかかるって。どうしようかねえ、せっかくきてくれたのに……。こまったねえ」

「お母さん、だいじょうぶですから、家のことは、まかせてください」

「わたしだって、お手つだいできるよ！　もう四年生なんだから」

「ぼくも！」

ユウサクが、元気よく手をあげた。

「これは、これは、たのもしいねえ。ほんとうに、ふたりとも大きくなって」

いいながら、おばあちゃんは、ユウサクの頭をなでた。

「つきそいのかた、いらっしゃいますか？」

そのとき、ナースステーションから連絡があった。

「じゃあ、ちょっと行ってきます」

「お母さん、ぼくもついていっていい？　病院の中を見てみたいから」

興味を持ったものは、なんでも自分の目でたしかめてみたいユウサクは、お母さんについてナースステーションに行った。

「おばあちゃん、なにか必要なものはない？」

病室（びょうしつ）にのこったわたしは、おばあちゃんにたずねた。

「とりあえずのものは、エミさんがとどけてくれたから、だいじょうぶ」

「じゃあ、おばあちゃん、なにか食べたいものって、ある？」

「食べたいものねえ」

「そう、今いちばん食べたいものは？」

「ああ、そうだ。たおれるまえにエミさんと話してたんだけど、ひさしぶりに『パットライス』を食べてみたいねえ」

「へーっ、でも『パットライス』って……」

「ああ、いいって、いいって。近ごろは、見ないから。でも、やっぱりハルカちゃんは、やさしいねえ」

いいながら、おばあちゃんがわたしの手をそっとにぎった。

「パットライス」って、なに？

（おばあちゃんが食べたいっていってたの、なんだったかな。えーっと、たしか、パッ…、パッ…、パッ…ト……）

帰りのタクシーをおりてからも、わたしは、ずっと考えていた。

「お母さん、きょうの晩ごはんはなに？」

ユウサクがたずねた。

「そうね、なににしようかしらね」

「カレーライスがいい！」

「そうだ、パットライスだ！」

ユウサクのことばに、やっと思い出した。

「なんだよ、おねえちゃん。『パットライス』って、なに？」

「うーん、わからない。ねえ、お母さん、『パットライス』って知ってる？」

「なにそれ？　知らないわ。新しいお米の種類かしら。それが、どうかしたの？」

「おばあちゃんが、食べたいって、いってたの」

「パットライスねえ、なにかしら」

「わたし、お料理の名前かなって思うの。だって、ライスって、お米のことでしょう。それに、カレーライスで思い出したんだから」

「ぼくは、お菓子だと思う」

「どうして」

「だってお米をつかった料理だったら、おばあちゃんなら、自分で作れちゃうと思うから」

「なるほど」

お母さんが、うなずいた。

「ああ、おばあちゃんに、ちゃんと聞いておけばよかった」

「じゃあ、このスーパーで、さがしてみようか。夕飯のお買いものもあるから」

わたしたちは、町に一軒だけあるスーパーマーケットに入った。

「あの……、『パットライス』ってありますか？」

スーパーに入ってすぐ、わたしは、店員さんにたずねた。

「えっ、パットライス。うーん。そういえば、最近仕入れてないわねえ」
そのときだ！
「おーっ。ひさしぶりぶり。なにしてんの！」
聞きおぼえのある声に、わたしはふりかえった。
「あーっ、コウタ！　……くん」
（もう。どうして、コウタくんがいるのよ）
この、コウタくんは、おばあちゃんちのとなりの男の子。
そう、エミさんの孫。
そして、わたしとおなじ、四年生。
夏休み、おばあちゃんちにきたときには、よくあそんだ。
でも、でも、でも、それは、去年までのこと。
今年は、いっしょにあそばないつもりだった。

86

それは、去年、コウタくんといっしょに小川であそんでいるときに、わたしのお気に入りのサンダルをながされてしまったから。

そう、あれは、三年生の夏休みのこと。

東京へ帰るまえの日、コウタくんとふたりで近くの小川であそんでたとき……。

＊　＊　＊

コウタくんの家の畑にも、おばあちゃんちの畑にも、道にそって、たくさんのヒマワリがさいている。

コウタくんが一年生のときにタネをまいて、毎年ふやしたそうだ。

そのヒマワリの道を通った先にある小川。

ひざの下くらいまでの深さの小川は、いつもきれいなつめたい水がながれている。

道からすぐに入ることができるその小川では、底に生えた、こい緑色の水草を足でさぐるようにゆらすと、おどろいたザリガニや小さな魚が飛び出してくる。

だから、その下流でアミをかまえていると、飛び出してきたザリガニや小さな魚をすくうことができた。

わたしが水草をゆらすと、コウタくんがつぎつぎとアミですくった。

その日は、おもしろいくらい、そう、今までいちばんたくさんすくうことができた。

「どうだ、うまいだろ！」

コウタくんは、だんだん調子にのった。

「きょうは、絶好調やから、ぼく、なんでもすくえるよ。そうや、ちょっと、そこから、サンダルをながしてみて。ぼくが、ここにいて、アミですくうから」

川上のわたしに、コウタくんがいった。

「でも、このサンダル買ってもらったばかりで、すごく気に入ってるの」

「心配ご無用。ぼくの腕はたしかじゃ」

「でも」

「だいじょうぶ。ぼくは、アミを持たせたら日本一っていわれてるから」

自信たっぷりに、コウタくんがいうから。

だいじょうぶって、コウタくんがいうから。

「日本一」なんて、コウタくんがいうから。

サンダルを片方ながしてみたのに。

「とりゃーっ！」

大げさな動作でアミをかまえたコウタくんが、いきおいよくアミをふったしゅんかん。

「あっ！」

アミのわくに当たったわたしのピンクのサンダルが、コウタくんの足のあいだをながれていった。

「しまった！」

そのままながれにのったサンダルは、どんどんながされていった。

「はやくとって！」

コウタくんとわたしは、あわてて追いかけていって、何回もとろうとしたけど、とうとう、サンダルは、広い川にながれていってしまった。

「ご、ごめん」

「バカ、コウタくんのバカ。どうしよう……」

「…………」

あの日、わたしは、片足だけはだしのまま、泣きながらおばあちゃんちに帰ったんだった。

＊　＊　＊

そのコウタくんが、声をかけてきた。

一年ぶりに会ったコウタくんより、わたしのほうが背が高くなってた。

「なあ、なにしてんの？」

コウタくんは、サンダルのことなんかすっかりわすれてるみたい。

「コウタ…くんには、関係ないから」

「なんか、つめたいなあ」

「あの、パットライスってなんですか？」

わたしはスーパーの店員さんにたずねた。

「あらら、パットライスを知らんの？」

また、コウタくんが、話に入ってきた。

「知らない」

「うわーっ。おまえパットライスを知らんのか。東京って、意外におくれてるんやな」

「じゃあ、コウタくんは、知ってるの？」

「あたりまえじゃ」

「それなら、パットライスってなに？　知ってるのならいってみなさいよ」

「いや！」

「どうして」

「教えてもらうのなら、『教えてください』だろ」

お母さんも店員さんも、わたしたちのようすにクスクスとわらった。

「もういい！」

いってから、わたしはコウタくんの耳もとで、こっそりとささやいた。

「去年の夏、コウタくんが、わたしのサンダルを川にながしちゃったこと、コウタくんのおばあちゃんにも、うちのおばあちゃんにも、お父さんにもお母さんにも、みんなにいうからね。わたし、あれは、あそんでて自分がながしちゃったことにしてあるんだから。わたし、コウタくんのこと、かばったんだからね」

わたしの話に、それまでニヤニヤしていたコウタくんの目が、点のようになった。

「わ、わ、わかった、わかった。教えてやる」

「いい、教えてもらわなくても。あのね、お母さん……」

「あーっ、もう。では、教えさせてください。おねがいします！」

「じゃあ、聞いてあげる」

「あのな、パットライスは、お米で作ったお菓子のことや」

「ほら、やっぱりお菓子だ！」

　ユウサクが、とくいそうにいった。

「パットライスって、あまいの、からいの？」

「いつも食べてるのは、あまい」

「おいしいの？」

「うん、おいしい。ぼくは、大好きやなあ」

「それって、どうやって作るの？　ごはんをたくの？　フライパンでいためたり、おなべで煮たりするの？　電子レンジとかつかうの？」

「それはなあ」

「それは？」

「知らん」

「ふふっ。あのね、パットライスは、それを作る機械があるんよ。その機械にお米を入れて、圧力をかけて、パーンて、ふくらませて作るんよ」

「あーっ、それって、『ポン菓子』のことですか！」

スーパーの店員さんの話に、お母さんが、ひらめいた。

「『ぽんがし』？　聞いたことないわねえ」

いいながら、スーパーの店員さんがスマホでしらべてみた。

「あった！　うん、たしかに。ポン菓子、パットライス、ぽっかん菓子、ばくだん、こめはぜ菓子、英語では、パフトライスっていうんやなあ。そうか、日本全国で、よびかたが、ちがうんや。わたし、『パットライス』は、全国共通と思ってた」

「へーっ。で、なんで、どうして、なぜに、パットライスをさがしてるの？」

コウタくんが、わたしの顔をのぞきこんだ。

「おばあちゃんが、食べたいっていったから」

「おばあちゃんて？」

スーパーの店員さんが、たずねた。

「この子は、ぼくのとなりのアキさんの孫のハルカちゃん」

「ああ、ということは、そうか。あのね、わたしは、ジュンコ。あなたのお父さんのマコトさんのおさななじみなんよ。だから、小さいころのお父さんのことはなんでも知ってるよ」

「じゃあ、小学生のころのお父さんて、かっこよかったですか？」

わたしは、たずねてみた。

きっと、お母さんも知らないはずだから。

「うん。かっこよかった。友だちにはやさしくて、スポーツも勉強も一生懸命やって、その上、いつもおもしろいことをいって、みんなをわらわせて。ものすごく人気があったよ」

「それって、ぼくみたいやなあ」

「あははは、ほんまやなあ」

コウタくんがいって、ジュンコさんもみんなもわらったけど、わたしは、聞かなかったことにした。

「で、アキさんが入院したって聞いたけど、ぐあいはどうですか」

「ありがとうございます。だいじょうぶです。熱中症で、三日ほどで退院できます」

お母さんが、せつめいした。

「そうですか。それで、おばあちゃんに『パットライス』を食べさせてあげたいんやね。でも、今、店にはおいてないし……。そうや、こんなときは……」

「米屋のミノルちゃんや！」

ジュンコさんと、コウタくんが、同時にいった。

米屋のミノルちゃん

スーパーのジュンコさんは、すぐに「米屋のミノルちゃん」のところへ、電話をかけてくれた。

買いものをすませて、おばあちゃんの家に荷物をおいてから、わたしと弟とコウタくんの三人は、米屋のミノルちゃんのところへ行った。

ところどころシャッターが閉まった商店街をぬけると、お米屋さんがあった。

「ごめんくださーい。ミノルちゃーん。いますかー」

「おう、待っとったで」

コウタくんの声に、店のおくから出てきたのは、まるでクマのようなおじさんだった。

（わ、わたし、ミノルちゃんていうから、もっとかわいらしい人かと思ってた）

「だいたいの話は聞いたが……、パットライスがほしいんやな。おじょうちゃんたちは」

「は、はい」

「で、コウタ。このおじょうちゃんが、きみの『ガールフレンド』ということなんやな」

「ち、ちがうわい！」

コウタくんがいったのと同時に、わたしは、はげしく首を横にふった。

「おやっ、ふたりとも赤くなっとるぞ。あははは、わかってるわかってる。じょうだんや。きみらは、マコトさんのむすめさんと、むすこさんやな」

「はいっ」

ユウサクが、元気よく返事をした。

「うん、ええ返事や」

「ミノルちゃんは、『マコトさん』のこと、よく知ってんの？」

「知っとるもなにも、マコトさんは、おれのアニキみたいなもんや。木のぼりも、魚つりも、虫とりも、いろんなあそびも、いつもマコトさんのあとをついていって、おぼえたんやから。コウタのお父さんもおなじや。ところで、マコトさん元気か。帰ってきてるか」

「元気ですけど、今年は、仕事がいそがしいから、少しおくれて徳島に帰ってきます」

「そうかぁ。マコトさんが帰ってきたら、あそびに行くからな」

「それで、ミノルちゃん。パットライスは、どうすんの？」

「おう、それそれ。パットライスを作る機械を持ってて、あちこちを回ってパットライスを作ってた『シゲじいさん』のところへ、何回か電話してみたんやけど、出んのや」

「その人、生きてんの？」

「うーん。先週、米を配達したときには、生きてたけどなあ。しかし、そういわれると、ちょっと心配になってくるなあ。よし、死んでたらたいへんやから、これからシゲじいさんのところへ行ってみようか」

ミノルちゃんのことばに、ユウサクが、心配そうな顔で、わたしの服を引っぱった。

「あの、それって、警察に連絡したほうがいいんじゃ……」

「うーん。でも、シゲじいさんは、気分によって電話に出ないことがあるからなあ。ま、とりあえず、行ってみよう。これもパットライスのためや」

「は、はい」

わたしは、しかたなく返事をした。

シゲじいさん

わたしたちは、ミノルちゃんが、いつもお米を配達しているクルマで、『シゲじいさん』の家へやってきた。

「きょうは、ここまでしかクルマでは行けん」

ミノルちゃんが、草むらのまえで車を止めた。

わたしたちは、クルマをおりると、ミノルちゃんを先頭にして、背の高い草がしげる中にわずかにある、道のようなすき間を歩いた。

「探検隊だ！」

「おう！」

ユウサクとコウタくんが、むじゃきによろこんだ。

緑の草むらは、むんむんとしていた。

しばらく歩くと、小さな古い家があった。

ギギギギギ
ぶきみな音をさせながら、ミノルちゃんが玄関の戸を開けた。

「シゲじいさーん。いますかー」

「シ・ゲ・じ・い・さーん」

「あっ、あそこに!」

ユウサクが指さすほうに、だれかがたおれてた。

「うわっ、死んでる!」

コウタくんが声をあげた。

「えーっ!」

「た、たいへんや。救急車、いや、警察か。と、と、とにかく電話や」

ミノルちゃんがあわてて携帯電話を手にしたそのときだ。

「だ～れ～じゃ～」

たおれてる人が、しゃべった。

「シゲじいさん、生きてるんか？」

「あたりまえじゃ。すまんが、おこしてくれるか」

「ああ、死んでるかと、思ったで」

シゲじいさんをおこしながら、ミノルちゃんがいった。

「なあに、ちょっと昼寝してただけじゃ」

「それなら、こんな板の間で、しかも、うつぶせで寝たらアカン。まぎらわしい！」

ミノルちゃんが、あきれた顔を見せた。

「暑かったからな。こうしてると、少しはひんやりするんやで」

「まあ、生きてたらええわい」

ミノルちゃんにいわれて、白いシャツとステテコすがたのシゲじいさんが、歯のぬけた口を開けてわらった。

「で、なんか、用か。米なら、まだあるぞ」

シゲじいさんが、白いぶしょうひげをなでながらいった。

「シゲじいさん、パットライスを作ってほしいんや」

「あー、パットライスか。ざんねんながら、もうパットライスは、やってない」

「どうしてですか？」

コウタくんがたずねた。

「最近は、パットライスよりおいしいお菓子がいっぱいあるじゃろ。

それに、パットライスをやろうにも、『音がうるさい』って文句をいわれるようになってなあ。そんなこんなで、わしの気力もなくなって、おまけにこのとおり体力もなくなって、作ろうにも作れんのじゃ」

「あーあ、まぼろしのパットライスか」

コウタくんが、肩をおとした。

「もう、機械もないか」

ミノルちゃんが、家の中を見わたした。

「機械は、あるぞ。となりの倉庫じゃ」

「それなら、その機械を貸してください。それから、作りかたを教えてください！」

いいながら、わたしは、頭をさげた。

「あんた、だれじゃ？」

「シゲじいさん。この子は、アキさんのお孫さんや。なんでもアキさんが入院してて、そのアキさんにパットライスを食べさせてあげたいそうや」

「えっ、アキちゃん、どうしたんや。どこが悪いんじゃ」

「だいじょうぶ。熱中症やから、近いうちに退院できるそうや。しかし、おれものりかかった船や。なあ、おれからもたのむわ、機械の操作はおれが責任持ってやるから、機械を貸してもらえんやろか」

「おねがいします！」

「おねがいします！」

「おねがいします！」

ミノルちゃんもユウサクもコウタくんも、そしてわたしも、もう一度頭をさげた。

「子どものころのアキちゃんは、パットライスの音がすると、いつもエミちゃんといっしょに、お米を持って買いにきてくれたなぁ。パットライスができるのをニコニコしながら待ってて、学校のことも話してくれて……」

シゲじいさんは、むかしを思い出してしみじみというと、目をふせた。

「あっ、そのエミちゃんは、ぼくのばあちゃんです」

コウタくんが、いった

「ほう、そうか。では、あんたらは、アキちゃんとエミちゃんの孫か」

シゲじいさんが、わたしとコウタくんの顔を交互に見た。

「……うーん。よし、わかった。けど、機械をさがすところから、はじめにゃならんぞ」

「やります！」

　わたしとコウタくんは、大きな声でいった。

「おい、ミノルちゃん。ついでに倉庫の片づけもしてくれると、ありがたいなあ」

「わかった、片づけもやっておく！」

「それから、草刈りなんかもしてくれると、ものすごくうれしいんやけどなあ」

「あーっ、はいはい、わかった、わかった。みんなまかせとけ！」

「はっはっはっ。すまんなあ、あーっ、長生きしてると、ええこともあるもんじゃのう」

　そういうとシゲじいさんは、また、歯のぬけた口を大きく開けてわらった。

パットライスマシーン

つぎの日、朝からお母さんが、たくさんのおにぎりを作ってくれた。

保冷剤を入れたバッグに、おにぎりと麦茶をつめて、わたしとユウサクは、コウタくんといっしょに、シゲじいさんの家に行った。

行くと、家のまえの草むらが、きれいさっぱり刈りとられていた。

「うわっ、草が刈ってある！」

「どうや、まいったか」

草刈り機を片づけながら、汗だくのミノルちゃんがわらった。

「まいった。さすがミノルちゃんや！」

コウタくんが、いった。

「ミノルちゃん、かっこいいなあ」

そういうユウサクに、わたしもうなずいた。わたしも、ユウサクのいうとおりだと思う。

それに、ミノルちゃんが、みんなからたよりにされてることと、そのわけが、わかった気がした。

「さあ、おれたちの宝さがしをはじめようか」

「シゲじいさんには？」

「いうてある。今朝きたときにな。ちゃんと、生きてたぞ」

コウタくんにいいながら、ミノルちゃんが倉庫の戸を開けた。

「うわーっ」

「なんだ、これ！」

そこには、こわれた自転車や古い電気製品、イスや机、本や空き箱と、いろんなものがむぞうさにおしこまれていた。

「よし、やるぞー」

ミノルちゃんのかけ声で、わたしたちは、倉庫の中のものを、つぎつぎと外に出した。


太陽が、高くなってきた。

「あーあ、これじゃあ、パットライスの機械にたどりつくまでに日がくれるよ」

とうとうユウサクが、しゃがみこんだ。

「ユウサク、がんばろう。おばあちゃんのためよ！」

「いや、ハルカちゃん、ユウサクくんを休ませてあげて。そのぶん、ぼくが、がんばるから。ユウサクくん、まかしとき」

見ると、そういうコウタくんは、ティーシャツが体にはりつくほど汗だくになっていた。

「そうや、ハルカちゃんも、いっしょに休んで。なれてないやろ、こんなこと」

「えっ、あっ、でも……」

顔を洗うように、ながれる汗をぬぐったコウタくんが、白い歯を見せてニコッとわらったときだ。

「あったーっ！　あったぞ。パットライスマシーン発見や」

そういいながら、ミノルちゃんが、倉庫のおくから大きな機械を引っぱり出してきた。

それは、まるで大砲のような形をしていた。

「パットライスって、これで作るの？」

「そうやで、パーンと作るんやで」

「むむっ。やっと見つけてもろたか」

ようすを見にきたシゲじいさんが、子どもの頭をなでるように機械をなでた。

「手入れして、しまってあったんやなあ」

ミノルちゃんがいうとおり、太陽の下でにぶく光るそれは、サビひとつなかった。

「しかし、倉庫の中のものをほとんど出したな。まあ、ええ。片づけるのは、もとよりきれいにしといてくれよ」

倉庫のまえに出されたものを見ながら、シゲじいさんがいった。

「おっと、そうやった。よし、片づけるぞー」

ミノルちゃんの号令で、わたしたちは、今度は、外に出したものを、倉庫の中に、整とんしながらしまっていった。

片づけが終わると、もうお昼になっていた。

わたしたちは、倉庫の横の大きなクスノキの木かげで、おにぎりを食べた。

「おっ、これは、おれが、このまえ配達した米やな」

「そんなことが、わかるの？」

「わかる。おれは、米のプロやで。それに、きみらのお母さんは、料理がじょうずやろ」

「えーっ。そんなことまでわかるの？」

「もちろん、わかる。この、ふわっとやさしくにぎったおにぎりを食べたらわかる」

たしかにお母さんは、料理がじょうずだ。

それに、今まで、あたりまえに食べてたから気がつかなかったけど、いわれてみると、このお母さんのおにぎりは、ほんとうにおいしい。

「それはそうと、これからどうするんじゃ」

おにぎりをほおばったまま、シゲじいさんが、ミノルちゃんにたずねた。

「まずは、おれにこの機械のつかいかた、パットライスの作りかたを教えてほしいんや」

「それは、ええけど、いつ、どこでパットライスを作るつもりなんじゃ」

「それは、あした。アキさんが、退院するから、そのときにアキさんちの庭でやったらどうやろうかと思ってる」

「えーっ、うちでやってくれるの？」

「やったー！」

ユウサクがとびあがった。

「うん。マコトさんには、これから相談するんやけど、きっとマコトさんなら『おーっ、それ、おもしろそうやなあ。やろう、やろう』っていうに決まってるから」

「あーっ、それ、お父さん、よくいってる」

「うん、わたしも、絶対いうと思う」

わたしもユウサクも、ミノルちゃんが、お父さんのこと、ほんとうによくわかってくれてるのがうれしかった。

「なるほど、あそこならええじゃろ。しかし、近所の人にはいうとけよ」

シゲじいさんも、なっとくした。

「それじゃ、ミノルちゃん、ぼくらは、なにを手つだったらいいですか」

コウタくんが、たずねた。

「そうやなあ、まずは、近所に……」

「チラシをくばったらどうかしら」

「それは、ええ考えや！」

わたしのアイデアに、ミノルちゃんが、うなずいた。

「おねえちゃん、ぼくも手つだう」

「でも、何まいもかくのって、たいへんかな」

「だいじょうぶ。それなら、ええ考えがある」

コウタくんが、胸をたたいた。

「『ええ考え』って？」

「かくのは一まいでええ」

「でも……」

「それを、『回覧板』を回してお知らせしたらええんや」

「かいらんばん？」

「えっ、おまえ、『回覧板』を知らんの？」

「うん」

「パットライスも知らんし、回覧板も知らんし、東京ってかなりおくれてるみたいやな。ひょっとしたら汽車も走ってなかったりして」

「汽車……」

（そういえば、東京では、汽車なんてのったことがない。電車とか地下鉄とか、モノレールなら、あるんだけどな……）

「うわーっ、どうなってんの。えらいおくれてるようやけど、おまえほんまに東京に住んでんのか。ひょっとして時代劇みたいにカゴにのってたりして。ハハハ」

いいながら、コウタくんが、わらった。

そのようすに、ミノルちゃんとシゲじいさんがわらった。

チラシ作り

パットライスの機械のことをミノルちゃんにまかせて、わたしたちは、お昼から、コウタくんの家でチラシをかくことにした。

「こんにちは！」

「まあ、いらっしゃい」

「パットライスは、どうなったん？」

コウタくんのお母さんとおばあちゃんが、たずねてくれた。

「あした、となりの庭でやることになった。機械のことは、ミノルちゃんが、がんばってくれてる」

「それで、わたしたちは、これからお知らせのチラシを作るんです」

わたしと弟が、ガラスの風鈴がすずしく鳴るえんがわで待っていると、コウタくんが、紙と色えんぴつを持ってきた。

「まずは、絵をかこう」

「パットライスって、どうかくの？」

「ふふふ、天才画家コウタにまかせとけ」

そういうと、コウタくんは、お皿の上に丸いつぶつぶをいっぱいかいた。

「それがパットライスなの？」

「なんだか納豆みたいだ」

わたしにつづけて、ユウサクがいった。

「おまえら、しつれいやなー」

「どれどれ、あ、ほんまや。納豆か、豆まきの豆みたいやなあ」

のぞきこんだコウタくんのお母さんが、わらった。

「そうだ。おばさん、あれを借りてもいいですか」

ユウサクが指さしたのは、三〇巻がセットになった百科事典だった。

「あーっ、それね。コウタのおじいさんがむかし買ったんやけど、ほとんどつかわなくてね。なんなら、スマホでしらべようか？」

「ううん、ぼく、これでしらべてみたい」

「おもしろそうだな」

「よし、しらべてみましょう！」

それから三人で、「は」行のことばについて書かれてある百科事典を持ってくると、「パットライス」や、「ポン菓子」をさがしはじめた。

「あった！」

ユウサクがいちばんに見つけた。見ると、パットライスが写真入りでのっていた。

「へーっ、これがパットライスか。ふくらんで大きくなったお米ね。なら、わたしがかいてみる」

わたしは、新しい紙をもらうとかきはじめた。

「おっ、おっ。わ、わりとうまいな。まあ、うまいというても、ぼくのつぎぐらいやけどな」

「ああ、そうですか」

わたしは返事だけして、そのままかきつづけた。

パットライスの絵をかいて、その絵の上に、大きく、（おばあちゃん　たいいん祝い　パットライス）まで書いたところで、コウタくんがいった。

「そうや、『パットライスまつり』にしよう！」

「あっ、それいいわね」

わたしは、目立つように、赤い色えんぴつで、『まつり』と書きたした。

それから、絵の下には、あしたの日づけと、はじまる時間と、場所を書いた。

「よし、できたわ！」

あらためて見ると、われながら、チラシは、うまくできていた。

「まあっ、ハルカちゃんは、絵も字もじょうずやねえ。コウタ、ちょっと教えてもらったら」

スイカを持ってきてくれたおばあちゃんがいった。

「いやいや。だいたい、この『パットライスまつり』は、おれのアイデアなんやからな。それより、ばあちゃん、回覧板用意しといて。なあ、ユウサクくんもスイカを食べよう」

百科事典で、今度は恐竜をしらべて、夢中で読んでいたユウサクに、コウタくんが声をかけた。

「いいか、見てろよ」

えんがわにきたユウサクにいうと、コウタくんは、スイカの種をプッと庭に飛ばした。

「わっ、ぼくもやっていい？」

ユウサクもまねをしてスイカの種を飛ばした。

「ハルカちゃんも、やろう」

「えっ、わたしも？」

「だれが、いちばん遠くへ飛ばすか、競争じゃ！」

「よーし」

それから、わたしたちは、スイカの種飛ばし競争をした。

でも、コウタくんは、ものすごくうまくて、わたしやユウサクより、ずっと遠くまで飛ばした。

それからコウタくんに教えてもらいながら、回覧板を持って近所の家を回ることになった。

「あのな、回覧板は、家から家へとつぎつぎと回してもらうんやけど、それでは時間がかかるから、今回は、ぼくらで持って回ることにする」

「えっ、でも、わたし、近所の人、あんまり知らない……」

「おねえちゃん、どうするの」

「だいじょうぶ、だいじょうぶ。心配ご無用。ぼくにまかせとけ。それから、ユウサクくん、ぜんぶ回ったら、さっき読んでた、恐竜がのってる百科事典、貸してあげるからな」

ユウサクにむかってにこっとわらうと、コウタくんは、歩きだした。

「ほんと！　じゃあ、コウタくんについていく。おねえちゃん、はやく行こう」

「えっ、うん。わかった」

ふたりのあとを、わたしも歩きだした。

「ほーっ。パットライスか。それは、ええなあ」

「おじょうちゃんは、アキさんのところのお孫さんやねえ」

「東京から帰ってきてるんやねえ」

「大きいになったねえ」

「アキさんのぐあいはどう？」

「パットライスか、ひさしぶりじゃなあ」

コウタくんについていったどの家でも、パットライスを楽しみにしてくれた。

おまけに、わたしが知らない人まで、そう、近所の人みんなが、わたしとユウサクのことを知ってくれていた。

その夜、わたしは、ひとりで入ったおふろの中で考えた。

きっと、おばあちゃんは、いつもわたしたちのことを話してくれていたんだ。

それに、毎年夏休みに帰ってきたわたしたちのことを近所の人は、ちゃんと見てくれていたんだ。

それから……。

きょうのコウタくんは、ちょっと見直したかな。

パットライスまつり

「あっ、おはようございます」

「おはようございます」

「おう、おはようさん」

　朝、弟をおこして庭に出ると、もう、ミノルちゃんが、パットライスの機械をはこんできていた。

　夜おそく徳島についたお父さんも、早おきをして、ミノルちゃんといっしょに機械の場所を決めて、用意をしていた。

「ミノルちゃん、子どもたちが世話になったな」

「いやいや、おれ、こういうこと好きですから」

「おまえ、むかしとかわらんなあ」

「ちょっと太りましたけどな。ははははっ」

「お母さん、おはよう」

「おはよう」

きのう、庭の片づけやそうじをしたお母さんは、今朝は、お米の用意をしていた。

「あっ、そうや、そろそろ時間やな」

そういうと、ミノルちゃんは、クルマのラジオをつけた。

ラジオたいそうがはじまるまえの音楽がながれてきた。

そこへコウタくんが、ねむそうな顔でやってきた。

「おう、ええところへきた。コウタ、まえに立って、ラジオたいそうやってみ」

「えーっ、ぼく、まだ、ちゃんとおぼえてないからなあ」

コウタくんがいっているあいだに、ラジオたいそうの音楽がはじまった。

「わたしが、やります！」

手をあげて、わたしは、えんがわに立った。

「あーっ、もう。しかたない、ぼくもやるか！」

コウタくんも、ならんでえんがわに立った。

ラジオたいそう　だいいち～

間に合った。

お父さんとミノルちゃんとユウサクとお母さん。

とちゅうから、手つだいにきてくれた、コウタくんのお父さんとお母さんとおばあちゃんもくわわって、ようすを見にきたジュンコさんも飛び入りで参加して、朝日の中、みんなでいっしょにラジオたいそうをした。

「子どものころの夏休みは、こうしてラジオたいそうをやったよなあ」

「そう、夏休み中、ずっとだったなあ」

「それから、あそぶやくそくをして」

「プールにも行って」

「かわりに、きょうは、『パットライ

スまつり』だな」

「おもしろそうやなあ」

「はははは」

ミノルちゃんやお父さんたちが、まるで子どものように話した。

みんなで、朝ごはんにお母さんが作ったおにぎりを食べたあと、ミノルちゃんは、クルマにのってシゲじいさんのところへ行った。

しばらくしてミノルちゃんがのせてきたシゲじいさんは、作業着(さぎょうぎ)をきて、まえかけをしていた。

見ると、ぶしょうひげもそっている。

それは、このまえとは別人のように、シャンとしたシゲじいさんだった。

「おはようございます。このたびは、いろいろとお世話になりました」

うれしそうにパットライスの機械をなでるシゲじいさんに、お父さんが、ていねいにあいさつをした。

「いやいや、礼をいうのは、わしのほうじゃ。おばあちゃん思いの、この子たちのおかげで、こうして、また、こいつをはたらかせてやることができるんじゃからなあ。長生きしてると、ええことがあるもんじゃのう。よし、死ぬまでは、生きることにするか。わっはっはっは」

シゲじいさんは、わたしたちにうなずきながら、やっぱり歯のぬけた口を大きく開けてわらった。

「ミノルちゃん、ちょっと借りるぞ」

お父さんは、ミノルちゃんのクルマを借りると、退院するおばあちゃんをむかえに行った。

「さあ、ミノルちゃん、ぼちぼち用意をしたほうがいいぞ」

麦茶を飲んでから、シゲじいさんがこしをあげた。

「そろそろはじまるかー」

「スイカ持ってきたで」

「トウモロコシゆでてきたぞ」

「トマト持ってきたよ」

近所の人たちもつぎつぎとあつまってきた。

「ほんとのおまつりみたいになってきた！」

「なっ、やっぱり、ええアイデアやろ」

ユウサクのことばに、コウタくんが胸をはった。

みんながあつまったのを見はからって、ミノルちゃんが、機械にお米を入れると、きっちりとふたを閉めて、金具をとめた。

みんなが見つめるなか、ミノルちゃんは、シゲじいさんの指示どおり、機械の温度をあげていった。

プップー

クルマが帰ってきた。

「おばあちゃんだ！」

ユウサクが声をあげた。

みんなのようすに、おばあちゃんは、目を丸くしている。

「アキさん、退院おめでとう」

「おめでとう」

みんなの拍手にむかえられて、おばあちゃんがクルマからおりた。

「まあまあ、これは、どうしたん」

「ジャジャーン。おばあちゃんのたいいん祝い『パットライスまつり』よ」

チラシを見せて、わたしがいった、そのときだ。

「さあっ、やるぞ！」

ミノルちゃんが、気合いの入った声でいった。

見るとミノルちゃんは、鉄のぼうをかまえている。

「えっ、えっ、えっ」

わたしとユウサクとお母さんのほかは、みんながあわてて耳をふさいだ。

シゲじいさんが、わたしたちを見て、ニヤリとわらった。

「えっ、なに、なに、なに」

「5、4、3、2、1」

「ゼロ！」

カウントダウンをしたミノルちゃんが、鉄のぼうで、機械のふたの金具を力いっぱいたたいた。

パーン

大きな音とともに、機械の中から、ふくらんだお米がいきおいよく飛び出した。

わーっ

みんなから、かん声と拍手がおこった。

でも、ものすごい音に、わたしとユウサクとお母さんは、こしをぬかしそうになった。

「できてる、できてる」

お父さんが、カゴの中のはじけたお米をあつめた。

ミノルちゃんが、シゲじいさんの指示どおり、そのお米に、砂糖水を煮つめて、トロリとなったみつをかけた。

「どうしたんですか！」

「あれ、おまわりさんだ」

「巡回中に、大きな音を聞いたんですが、なにかありましたか！」

バイクにのった駐在所のおまわりさんが、あわててやってきた。

「いやいや、これこれ」

ミノルちゃんが、パットライスの機械と、できたてのパットライスを見せた。

「ああ、パットライスでしたか。これは、これは、なつかしい」

「よし、みつがかたまったぞ。パットライスの完成や！」

わたしのお母さんと、コウタくんのお母さんが、完成したパットライスを分けてつぎつぎと紙のお皿にのせていった。

「おばあちゃん、退院おめでとう」

わたしは、いちばんにおばあちゃんにわたした。

「ハルカちゃん、お父さんから聞いたよ。ありがとう」

「おばあちゃん、食べてみて」

おばあちゃんは、パットライスをそっと口に入れた。

「おいしい?」

「うん、おいしい。今まで食べたなかで、いちばんおいしいよ」

そういうと、おばあちゃんは、泣きながらわらった。

そのあとコウタくんとわたしとユウサクで、あつまったみんなにパットライスをくばった。

麦茶は、コウタくんのお母さんとジュンコさんがくばってくれた。

「アキさん、退院おめでとう!」

「おめでとう」

えんがわに立ったミノルちゃんが大きな声でいって、みんなでカンパイをした。

「食べてみろよ」

「うん」

コウタくんにいわれて、わたしは、パットライスを口に入れてみた。

あまい味と香りが、口の中にひろがった。

かたまったみつのかたさが少しだけあって、でもかんでみると、ひとつぶひとつぶが、パフパフとしていた。

「これがパットライスか」

いいながら、今度は、大きなかたまりを食べてみた。

「おいしいやろ」

コウタくんが、口いっぱいにパットライスをほおばったままいった。

「おいしい！」

「おねえちゃん、ほんとにおいしいなあ」

わたしもユウサクも、パットライスをほおばったままいった。

「ミノルちゃん、つぎは、うちのお米でやってもらえるかい？」

コウタくんのおばあちゃんが、持ってきたお米をとり出した。

「ミノルちゃん、うちのもやってくれるか」

「わたしも、お米を持ってくる！」

「うちも、たのむわ」

「あの、本官も、おねがいできますか。お米はあとから持ってきますので」

おまわりさんもパットライスの注文をした。

「ようし、みんな引きうけた。なんてったって、きょうは、パットライスまつりや！」

ミノルちゃんらしく、注文(ちゅうもん)をぜんぶ引きうけた。

それから……

パーン

パーン

パーン

パットライスのはじける音が、夏の空にひびいた。

来年の夏も

その夜、わたしたちの家族と、コウタくんの家族とミノルちゃんで、花火をした。

打ち上げ花火、ふき筒花火、ネズミ花火……。

手持ち花火をはじめたコウタくんのとなりで、わたしは線香花火に火をうつしてもらった。

「コウタくん、ありがとう」

花火を見ながら、わたしは、小さな声で、お礼をいった。

「えっ、ああ、まあ、うん」

コウタくんは、それだけいうと花火を見つめた。

「……なあ、あした……、あの小川に行ってみようか」

コウタくんがいった。

「えっ、でも、あしたには東京に帰るの。あさって、学校で行事があるから……」

「そ、そうか…………」

「でも、今年の徳島は、ものすごく楽しかったなあ」

「うん、ぼくも」

それから、わたしとコウタくんは、かわりばんこに火をうつしながら、何本も線香花火をした。

つぎの朝。

わたしが、おきると、外からラジオの音が、聞こえてきた。

窓から見ると、ラジオを持ったコウタくんが手をふっていた。

「ユウサク、ユウサク」

おこそうとしたけど、いくら体をゆすってもユウサクはおきない。

「もう、しかたないわね」

わたしは、急いできがえると庭に出た。

ラジオたいそう　だいいち〜

間に合った。

わたしと、コウタくんは、朝日のなか、ふたりで、いっしょにラジオたいそうをした。

「これ」

ラジオたいそうが終わると、コウタくんが、紙ぶくろをわたしのまえにさし出した。

「なに？」

「開けてみろよ」

「あっ」

中には、ヒマワリのかざりがついたサンダルが入っていた。

「去年は、……ごめんな。きょう帰るのなら、持って帰って」

「ありがとう」

「ぼく、お母さんにちゃんと話して、いっしょに買ってきたんや。だから……、このサンダル、東京ではいてくれ。ま、おくれてる東京には、こんなサンダルは、ないだろな」

「ありがとう。わたし、東京ではいて、みんなに見せるわね。それから……」

「なに？」

「来年は、このサンダルをはいて、帰ってくるからね」

「来年か……。まあ、来年は、ぼくのほうが、背が高くなっておくからな」

広い空を見上げながら、コウタくんがいった。

「じゃあ、来年の夏、背くらべしようか」

わたしも、広い空を見上げた。

「よーし、やくそく！」

「うん、やくそく！」

朝のすんだ空気のなかで、コウタくんとわたしは、指きりをした。

■作家　**くすのき しげのり**

1961年徳島県生まれ。小学校教諭、鳴門市立図書館副館長を経て、児童文学作品を中心とする様々なジャンルの作品の創作活動と講演活動を続けている。読み物に『やさしいティラノサウルス』（あかね書房）、『ライジング父さん』（フレーベル館）、『ネバーギブアップ!』（小学館）、『三年二組、みんなよい子です!』（講談社）など。絵本に『おはなみ』（あかね書房）、『おこだでませんように』（小学館）、『ともだちやもんな、ぼくら』（えほんの杜）、『ええところ』（学研プラス）、「いちねんせいの1年間」シリーズ（講談社）、「すこやかな心をはぐくむ絵本」シリーズ（廣済堂あかつき）など多数ある。
http://www.kusunokishigenori.jp

■画家　**大庭 賢哉**（おおば けんや）

1970年神奈川県生まれ。イラストレーター、漫画家。児童書の挿し絵、装画など多数の作品を手がける。絵を担当した作品に「ティーン・パワーをよろしく」シリーズ（講談社）、「シノダ！」シリーズ（偕成社）、『やすしのすしや』（文研出版）、『ぼくの夏休み革命』（国土社）、『旅するウサギ』（小峰書店）などがある。漫画作品に『トモネン』（宙出版）、『郵便配達と夜の国』〈文化庁メディア芸術祭審査委員会推薦作〉『屋根裏の私の小さな部屋』（ともに青土社）がある。

装丁　白水あかね
協力　金田　妙

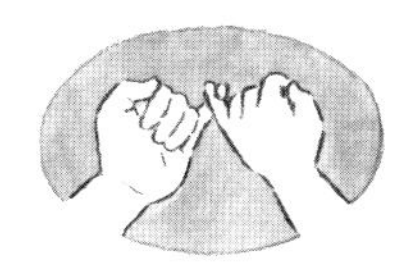

スプラッシュ・ストーリーズ・27
はじけろ！ パットライス

2016年11月29日　初版発行

作　者　くすのき しげのり
画　家　大庭 賢哉
発行者　岡本 光晴
発行所　株式会社あかね書房
〒101-0065　東京都千代田区西神田 3-2-1
電　話　営業(03)3263-0641　編集(03)3263-0644
印刷所　錦明印刷株式会社
製本所　株式会社難波製本

NDC 913　101ページ　21 cm

ISBN978-4-251-04427-3
落丁・乱丁本はお取りかえいたします。定価はカバーに表示してあります。
http://www.akaneshobo.co.jp

スプラッシュ・ストーリーズ

虫めずる姫の冒険
芝田勝茂・作／小松良佳・絵
虫が大好きな姫が、金色の虫を追う冒険の旅へ。痛快平安スペクタクル・ファンタジー！

強くてゴメンね
令丈ヒロ子・作／サトウユカ・絵
クラスの美少女に秘密があった！ とまどいとかんちがいから始まる小5男子のラブの物語。

ブルーと満月のむこう
たからしげる・作／高山ケンタ・絵
ブルーが、裕太に不思議な声で語りかけた…。鳥との出会いで変わってゆく少年の物語。

バアちゃんと、とびっきりの三日間
三輪裕子・作／山本祐司・絵
夏休みの三日間、バアちゃんをあずかった祥太。認知症のバアちゃんのために大奮闘！

鈴とリンのひみつレシピ！
堀 直子・作／木村いこ・絵
おとうさんのため、料理コンテストに出る鈴。犬のリンと、ひみつのレシピを考えます！

想魔のいる街
たからしげる・作／東 逸子・絵
"想魔"と名乗る男に、この世界はきみが作ったといわれた有市。もとの世界にもどれるのか？

あの夏、ぼくらは秘密基地で
三輪裕子・作／水上みのり・絵
亡くなったおじいちゃんに秘密の山荘が？ ケンたちが調べに行くと…。元気な夏の物語。

うさぎの庭
広瀬寿子・作／高橋和枝・絵
気持ちをうまく話せない修は、古い洋館に住むおばあさんに出会う。あたたかい物語。

シーラカンスとぼくらの冒険
歌代 朔・作／町田尚子・絵
マコトは地下鉄でシーラカンスに出会った。アキラと謎を追い、シーラカンスと友だちに…。

ぼくらは、ふしぎの山探検隊
三輪裕子・作／水上みのり・絵
雪合戦やイグルー作り、ニョロニョロ見物…。山荘で雪国暮らしを楽しむ子どもたちの物語。

犬とまほうの人さし指！
堀 直子・作／サクマメイ・絵
ドッグスポーツで世界をめざすユイちゃん。わかなは愛犬ダイチと大応援！

ロボット魔法部はじめます
中松まるは・作／わたなべさちよ・絵
陽太郎は、男まさりの美空、天然少女のさくらと、ロボットとのダンスに挑戦。友情と成長の物語。

おいしいケーキはミステリー!?
アレグザンダー・マコール・スミス・作／もりうちすみこ・訳／木村いこ・絵
学校でおかしの盗難事件が発生。少女探偵プレシャスが大活躍！ アフリカが舞台の物語。

ずっと空を見ていた
泉 啓子・作／丹地陽子・絵
父はいなくても、しあわせに暮らしてきた理央。そんな日々が揺らぎはじめ…。

ラスト・スパート！
横山充男・作／コマツシンヤ・絵
四万十川の流れる町で元気に生きる少年たちが、それぞれの思いで駅伝に挑む。熱い物語。

飛べ！ 風のブーメラン
山口 理・作／小松良佳・絵
大会を目指し、カンペはブーメランに燃えるが、ガメラが入院して…!? 家族のきずなと友情の物語。

いろはのあした
魚住直子・作／北見葉胡・絵
いろはは、弟のにほとけんかしたり、学校で見栄をはったり…。毎日を繊細に楽しく描きます。

ひらめきちゃん
中松まるは・作／本田 亮・絵
転校生のあかりは、ひらめきで学校に新しい風をふきこむ。そして親友の葉月にも変化が…。

一年後のおくりもの
サラ・リーン・作／宮坂宏美・訳／片山若子・絵
キャリーの前にあらわれるお母さんの幽霊。伝えたいことがあるようだけど……。

リリコは眠れない
高楼方子・作／松岡 潤・絵
眠れない夜、親友の姿を追ってリリコは絵の中へ。不思議な汽車の旅の果てには…！？ 幻惑と感動の物語。

あま～いおかしに ご妖怪？
廣田衣世・作／佐藤真紀子・絵
ある夜、ぼくと妹の前にあらわれたのは、おっかなくて、ちょっとおせっかいな妖怪だった！

魔法のレシピでスイーツ・フェアリー
堀 直子・作／木村いこ・絵
みわは、調理同好会の危機に、お菓子で「妖精の国」を作ると言ってしまい…！？ おいしくて楽しいお話！

アカシア書店営業中！
濱野京子・作／森川 泉・絵
大地は、児童書コーナーが減らされないよう、智也、真衣、琴音といっしょに奮闘！ アカシア書店のゆくえは？

逆転！ドッジボール
三輪裕子・作／石山さやか・絵
陽太と親友の武士ちゃんは、クラスを支配するやつらとドッジボールで対決する。小4男子の逆転のストーリー。

流れ星キャンプ
嘉成晴香・作／宮尾和孝・絵
圭太は秘密のキャンプがきっかけでおじいさんと少女に出会う。偶然つながった三人が新たな道を歩きだす物語。

はじけろ！パットライス
くすのきしげのり・作／大庭賢哉・絵
入院したおばあちゃんの食べたいものをさがすハルカ。弟や友だちのコウタといっしょに手がかりをたどる…。さわやかな物語。

ふたりのカミサウルス
平田昌広・作／黒須高嶺・絵
"恐竜"をきっかけに急接近したふたり。性格は正反対だけど、恐竜のように友情も進化するんだ！

以下続刊